光天化日

任明信

獻給龍　和自己

1　引言

故事是否已經開始並不重要，因爲許久以前，卡沙卡里舞就發現，偉大故事的秘密就在於沒有秘密。偉大的故事是你聽過，而且還想再聽的故事，是你可以從任何一處進入，而且可以舒舒服服地聽下去的故事。他們不會以驚悚和詭詐的結局欺騙你，不會以出人意料的事物讓你大吃一驚。他們和你住的房子和你情人的皮膚氣味一樣地熟悉。你知道它們的結局，然而當你聆聽時，你彷彿並不知道。

就好像雖然知道有一天你會死去，但是當你活著時，你彷彿並不知道你會死去。在聆聽偉大的故事時，你知道誰活著，誰死去，誰找到愛，誰並沒有找到愛，但是你還想再知道。

那就是它們的奧秘和它們的神奇之處。

——— 阿蘭達蒂．洛伊《微物之神》

詩比愛更好　黃以曦

如果你有了愛人
讓我知道

像候鳥要飛
雪會知道
根的枯朽
樹葉知道

可是你永遠不會知道
我没有愛人了

————任明信，< 傾訴 >

我愛上了一個世界，他有一雙空洞的眼睛，路徑是重複的，心意是反覆的，風景朝地平沓去，物事只有單層的關連。像一張壓扁的金屬片，讀不到觸覺。情節那麼粗疏。

隨著我對他的愛日深，隨著不可自拔，他愈薄淺。不再映有光色與輪廓的淡淡平面。世界失速往下縮去一個又一個維度。我仍在原處。

我從我深愛的世界分離出，什麼都沒剩，餘下我對高維物事的洞察，餘下無法確認是否爲幻影的形跡模糊的掛念。

我的世界，我是說，我深愛的世界，變得好遠又好近。遠得差錯幾個維度的無關，近得只要我伸出手，就可以主導他的時間水流，所有故事可以重新啓動，每一綹分歧的未來與邊界都成立。

我仍記得各種繽紛、響亮、角色的溫度、關係的繾綣，我仍恍惚感到與立體物事牽扯。可一切已然不在。不曾存在的那種不在。

這樣的時刻，我以某種、某種方式織寫行段。那是我知道的事，那是我能辨識的事，儘管它們或不曾錨定以如此之形體。它們何必那樣成立，在這個宇宙中，在整個宇宙中。

可我也就只能這樣確認我的存在了，我可是這樣確認了我的存在。我，我的詩。

我以爲我愛過，但或許我没有；我以爲我看透，但或許我没有；我以爲我認識與探索了什麼，或許我並沒有。我的行段，我的詩，爲了憑靠幻影卻自以爲活著與曾活過的這樣的我，而來到。

無論我曾註記給愛怎樣評價，詩無法不比愛更好。這是我這個人，可承擔可發動的。而愛，我的意思是，我深愛的世界，他囚在低維的幽閉底盡，任何於我深邃的動心與傷心，俱是冗餘。多出幾個維度那樣的荒謬而徹底無關的冗餘。

詩比愛更好，我得說。詩不是存在的證據，存在不需要證據。詩不是存在本身，存在不需要身體。詩標誌了時空一處空隙，維度的繭，自此生產與辯證，催生了各式形廓的意義。我獲得記憶。蜜的，澀的，或儘管是幻影。黑色的夜浮顯有一落線條、一個模樣，圈住唯此模樣可圈住的痛與幸福。那是我，我這樣活過。

也許我們，你，與我，注定這樣活，和別人不同。深愛一個世界，卻不在那裡面，深愛一個人卻不在他身邊。他們以一種似乎扁平卻深刻的方式，放逐我們往另一次元。

詩比愛更好。最後餘下這個。在最開始的地方，我們有的已是這個。

我曾愛上一個世界，他有一雙空洞的眼睛，我迷戀那個構成，爲他唱了許多歌，作了許多夢，未有一樁撼動他。他朝我看來，不曾與我的燒灼任何一點對上。不曾被鎖上。

邊緣的時刻，極限的時刻，我有幾些行段，之於所謂的我的愛，它們或透有某種近乎驚悚的冰冷，可其實，正是通過它們，我才抵住驚悚的冰冷。活了下來。

讀明信的詩集《光天化日》，我不可思議看著種種，墜下的決心，焚燬的甘心。可此些最尖銳因而最迷人的危險，比現實更多。不再與爲詩人所愛的世界在一起。它們被詩拋出，被詩接住。

我瞭解死亡的美，如同瞭解愛的滑溜魔魅。但詩比死更好，如同詩，比愛更好。

黃以曦，影評人，著有《離席：爲什麼看電影？》

7

目錄

63　雨沒有身體

你是這樣的人

我們

兩個字
代表兩個人
和之間的事
我曾見過它的樣子

我喜歡寫
這兩個字

卻在你說的時候
變成別的
我不明白的意思

你是這樣的人

赤腳走路，開心
就在田埂上跳舞
陽光下翻飛的手
我曾夢過
某種鷗鳥墜海的方式

你是這樣的一個人

悲傷的時候
也一個人
跳舞在房間
我在角落看
離你遠遠

你的舞太深
你把所有的獸
都養在裡面

生氣的時候像海
總會帶走一些船
一直以來
總是我最好的船

靜默是丘陵
說話有眼睛
你比植物更愛好和平
你常心疼所有
除了自己

你就是這樣的人

我知道
也許我永遠
都不會好
因為你是血
是玫瑰

我不怪你

不告而別

習慣了受傷
變得只能遊戲
這不是你的問題
但是愛你的人
一輩子的難題

幻覺

終於找到我也離開了
只是還夢著

會夢是因爲在乎嗎
你在夢裡哭
用我的眼睛
你喜歡血
也讓我的身體流

我想我們不會再見了
夢裡我不曾見過陽光
但你是陽光吧

你是陽光
愛情是霧

也好

/

吞下了所有的藥
這次一定可以
治癒所有

/

桌上的花枯了
發出惡臭
一個人在家
忽然迷了路
也丟失了傘

/

反覆練習
對貓説話
被抓傷

反覆想像貓死了

手上的傷沒有經過
你的允許
依舊會結痂

/
往你家的路
曾經那麼近
因爲熟悉因爲
習慣了

今年的雨季特別長
房間濕成小湖
以後你不再陪我
撐開船槳
港又離得更遠了

你是這樣的人

/
一起走過的那些
美麗的漣漪
後來怎麼都變成了浪

/
你說我的心
只是比較深的湖
你不知道它現在比海還深

/
最後一次
爲了你跌倒

再没有從跌倒的地方
站起來

折磨

能吻很好
只是視線交會
也很好

光線很好
有雲慢慢靠近
也很好

羡慕別人很好
不羡慕
別人也很好

能被愛很好
能被愛的人恨
也很好

治療

只能繼續
寫，但該寫什麼才好
没有心就没有路了
失去信仰
身體怎麼依靠

房間很暗
越來越
眼睛在退化
會不會就變成深海魚
我應該打開窗

陽光會爲了我進來嗎
還是只有雨
願意進來

還要繼續寫
用什麼顏料才好

血跡或墨漬
我不知道
他們說日子是日子
我的陽光都碎了
他們曾經那麼溫暖

崇拜

你給我蘋果
要我收好
說從今以後
這就是心

我沒有想過你
爲什麼說謊
只是乖乖
把蘋果收好

後視

想要雨也被你聽見
才讓它下的
我濕了
你卻沒有

問你該怎麼走
路才能更遠
話語被風吹散
你說沒關係，到這裡就好
每個字都清楚

就下了車
後視鏡裡
你慢慢變小
我沒有回頭

只是一直看著，發現
你也沒有

需要

一輩子
只用一支筆

一張紙
每天
只寫一個字

一扇窗
面海
看的見太陽
是唯一的一顆

一道牆
最好是
跨不過去的

一種愛
不怕背叛

一個人
一個房間
一點時間
慢慢地準備

帶著存好的勇氣
去遇見
另一個人

傾訴

如果你有了愛人
讓我知道

像候鳥要飛
雪會知道
根的枯朽
樹葉知道

可是你永遠不會知道
我沒有愛人了

嫁接

同樣是我
只是戴著他的臉

剪下手腳
換上新的肢節
也需要澆水，和光照

同樣呼喚
只是用他的音調
開始不太習慣
適應了也許更喜歡

同樣愛著只是
換成他的心

用他的手臂環抱
用他的指尖
擦拭你的眼角

也在流血的時候沉默
在沉默中衰老

牽掛

盆栽繚繞的陽台
已看不見了
是我剛好經過的時候

心底的藤蔓爬滿了房間
吃掉舊的住客
再換上新的

一切看起來都好
只是鎖換了

爲了活下來終於弄斷了尾巴

身體漸漸死去
尾巴卻一直活著

境遷

/

你笑的時候世界
瞇成裂縫
以前我也住在那裏面

/

會覺得熟悉嗎
當我牽起別人的手
你曾像迷路的牛隻
把我湖一樣地撿走

/

當我們已經無話可說
才把眼淚都給了他
像那時的你
一樣地不留

/

你說願你幸福
是什麼意思
只記得你跟我說日子
已經不想再一起過了

/

不是誰的錯能夠
這麼說是因爲
現在我也已經離開了
一件只有走了的人才會了解的事情

/

海依然會來
每一天的雲都有
自己的變化

留了下來的人依然
在夜裡對鏡
反覆問著

爲什麼

下輩子

當你的海
就不會在意你没有岸

重來

迷路的孩子回家了
等待的人
得到時間
傷人的字句都變成吻
滴落的雨水
凝聚爲雲

讓你再一次明白
並懂得我
知道我曾是什麼又
不會是什麼
讓你死了心
把地圖收好

你拿著手杖是那樣絕對
我就輕易把自己分開

把握

去看日落
冬天的港
有人在釣魚你說
明天太陽還會升起

釣竿的一邊是手
一邊是餌
希望魚都在海裡
想說卻沒有

我沒有把握
我的太陽
一天只墜落一次
而明天是明天
今後我們將在各自的夜裡變老
現在我不想

沉默溫柔

只是聽著，等著
只是想在這一刻
把你好好地
放在那裏

於是關掉了音樂
也關掉身體
關掉了我們

所有的可能
關掉了必須

指認

清晨迎來夢境
霧是夢境
我在霧裡指認你
相信夢的真實
勝卻世界

我自虛無
指認一切
以口直呼事物的名
以耳聆聽他們回應
我相信所有
除了眼睛

我在夢裡指認你
用手確定你是
火劇烈地消耗著氧氣
我用身體
確定你是氧氣

在窒息之前
指認愛情

宣言

/
你要來
請把你的黑
都帶來

你要走
就連我的光
一起帶走

你知道再沒有人
會用我的方式去愛你
現在未來
即使星球不再運行

/
我不承諾自己

給不起的東西
像是日子
去過沒有你的日子
或是摒棄某些自私癖性

我覺得髒
就要洗
我窮
可是生活開心
慶幸自己還寫字
有時也能打開別人的心

/
而你只是你
直視著我的靈魂
以動物的眼神說

都沒關係了
慢慢脫下我的面具

我愛你
直到所有的雨裡都沒有水
直到盆栽的火焰
變成金魚

同時

黑暗有
黑暗的溫柔
光明也有

眼睛只能睜開
或閉上
不能同時擁有

與你愛的人相守
和愛你的不同
你的心
不能同時幸福
靠近又遠走

隱隱

/

有人把刀給你
你沒有拿
希望他們能給值得的人
也沒有說

/

不再被愛之後
你才像自己

散場的馬戲團
曾有人坐著
有些離開不會帶走輪廓

/

依然在夜裡提燈

找尋走失的象
獵人和獵物
能當好朋友嗎
是誰允許你進來躲雨
允許你怕黑

/
撿到迷路的獅子
也將他養大

他多麼溫柔像你
只是餓的時候
不會說抱歉

/
你們互相吹頭
獅子毛髮蓬鬆
你已經忘了象
回憶比新燙的襯衫還平整
是誰定期進來打掃

會不會就此
住了下來

磨合

最先消失的
是習慣
還是脾氣

最後剩下的
是結晶
還是餘燼

分別

天黑了
雨就要下
這次我們不再回去

停下腳跟
路在眼前漫開
我們沒走
就說再見

就在這裡分別了今後
分別痛苦
分別快樂

光臨

把你點亮的人
忘了在離開的時候
把你熄滅

其實早起
沒有想像困難
早退也是

此後

/
後來我獨自走過一段
不時想起那天
你欲言又止的眼角

日光磨亮堤岸

你安靜收拾著
行李最後也不哭了

/
曾經我們一起醉倒
在星光熠熠的夜裡
生鏽的水槽
如今只剩我一個人撈月

/

曾以爲一直開心就能到老的

親吻代替言語的日子
我們都忘了
怎麼去聆聽
想哭的時候就擁抱
彷彿世界末日那樣安心

/

而指環還在盒子裡
在更早之前
你換了新的掌紋

/

此後
所有的風景都隔著當時的海
用罄我們的語言
再無法抵達
彼此的未來

雨沒有身體

掙扎

神的每一天
都在鏡子前説服自己
要愛世人

有生之年

/

起床的時候
没有人在身邊
一些聲響發生在別的房間
也許清晨，或傍晚
那是生活需要的習慣
微弱的
零星的頂撞
公允的愛情表現

/

偶爾拉開窗簾
適時讓光進來
好在熄燈的時候也能
把房間看個清楚
想要這樣地清楚
你走後也不輕易讓黑夜佔滿

/

永恒的旋轉
會是一種靜止嗎
在火裡反覆
問著自己

/

就習慣了病已經
無藥可救
不能再有新的傷口
血一開始流就不會停

/

我不過是想在有生之年
觸碰音樂

/
少用的門鈴終於壞了
弄丟了鑰匙
依然等著有人
幫我開門

雨沒有身體

他們冷
他們不能
感覺自己
他們只是傾斜的線
不懂得傷害

黑色的雨
要下的時候
不需要雲
雨連著星星

你伸手去拉
不能太用力
星星會熄

光天化日

我不相信
那些說他們一生磊落的人
他們往往過得很好
我不相信那些
太幸福的人

我知道我開過最好的花
我用血餵養它
你可以靠近看
請別將它摘下
不是所有的容器都適合它

我不知道
要看過怎樣的風景
才能算抵達
曾經也有好人愛我
可惜我的
愛太驕傲

常覺得人生太短
能被解開的結太少

我終日在結冰的湖上行走
擔心滑倒
冰層太薄
你並不需要知道這些

有的人挖心
需要麻醉
有的人可以徒手
你不要羨慕他們
要活下來
當那個可以
把心再放回去的人

安全感

如果你來
發現門是開著
你要先將門關上
再敲敲
讓我知道有人
讓我自己開門

天龍

多希望我就是你的神
不只是一個美好象徵

我應該要帶來祥瑞
讓毀滅你們生活的人
毀滅自我
我要給你真正的自由
使你信仰
使你無畏地出走
自森林深處

他們說雨跟我有關
是真的嗎
雷光中你是否看得清楚
我的鱗片和爪牙
你會怕我嗎
多希望我是你的太陽
不需要把自己藏起來

順隨

雪又下了
在我閉上眼的時候
這該是信的開頭

想問候你生活
卻給了我生命
熔岩玫瑰，沁涼的手背
世界的風雨都像爲你而來
那麼狂暴
又清楚靜好

你的日子
我不會活
我的棺木太小
要把自己切開
才裝得下去

你送給我的花

是不會開了
你說我適合
裝在喝水的瓶子裡
每天都看
慢慢也聽懂他的話
花說世界
不值得他的綻放
花說有些雪不會融化

打烊

洗好的器皿
倒過來晾乾
疲倦的杯具都回到
溫軟的床
好好擦拭過
混濁的雙眼
讓深夢將它們緩緩闔上
把吐息的字句放倒

燈要熄了
你真的準備好了嗎
手中的湯匙
隨著目線曖昧而傾斜

關了心
就不再關心
我不承認的世界
讓它屬於別人

不可一世

/
深淵會知道自己是嗎
曾經我也凝望了許久

/
已不願去聽
那些我不相信的事
不再默默愛著
不愛我的人

/
我不值得
在活著的時候被歌頌
我沒有羽毛
可以愛惜

/

有人信神
爲求永生
信佛爲登極樂
我卻每天恐懼
活得意義

/

我出生用血
替自己受洗
臨死之前我也用血
皈依我自己

福德正神

——記苗栗大埔徵地事件

他們說你不能
保佑我到太遠的地方

可是我就在這裡
用肉眼確認荒涼
看他們的家被野獸啃食
看牠們吞嚥著語言
日漸肥大
你說君權神授
我没在歷史中見過神
從來就只有昏君
一任復一任

如果你不能
指引迷路的人
讓植物願意在土地生長
如果你不能讓有家的人
安其所居

我應將你的廟堂傾倒
取回我錯付的信仰

冥頑

——— 致我親愛的元首

該走的路就在那裡
但你不走
你繞了很遠
不斷往懸崖靠近

爲什麼説謊
一次又一次
拿我們的生命遊戲
爲什麼我們需要這麼地努力
阻止自己國家
傷害人民

因爲我們没跟你握過手
所以不能成爲朋友嗎
因爲不是你的朋友
就没有資格
被當成人嗎

什麼時候才會停止
用我們的血汗
去餵養我們恐懼的事物
什麼時候
才能夠放下手中的協議
用肉身爲我們庇蔭
那怕只有一次
一次都好

再沒有世界

——記 320 太陽花學運

不要看了
所有的臉都在下雨

有的人只看見眼前的太陽
忘了黑暗中
還有更小的星星

你的國家
會比我的更好嗎
你有沒有比我
更懂得珍惜
單薄的人連願望都卑微

都會沒事的
太平洋的水
土壤中的輻射塵
你曾對著我們宣誓

用最美麗的繁體

你忘了，對不對

紫火在地平線外燒
海上的雲早已入夜

而你正夢著
正要翻身

所以你活著

站在銅板的反面
是爲了經驗光
爲了看見樹葉的顏色
在樹梢
禽鳥飛了過去
影子没入更大的影子

你要存在世界
像一扇半開的門
令人期待，又害怕
你要感受純粹
在事物萎壞之前
先將其毀滅

像蕾盼望著開的盼望
去經驗愛情
和苦難
親吻花莖上的每一滴血

把眼睛哭瞎
再重新長出來
如果有人因你的字而死
你不會悲傷
你不要悲傷

作個無用的人
不會被收編
你要擁有家庭
成爲孩子的父母
引導他們進入世界
或離開
也許你從此不再歌唱

目的

——— 獻給支持多元成家的人們

你渴望的是生活
還是日常
得到翅膀
是爲了擁抱天空
還是墜落

野獸不問自己的名字
但牠們活著
失眠的人
需要睡
不需要別人家裡
溫暖的床

得到愛情是爲了
進入婚姻的神聖
還是辦一場
能被祝福的婚禮

爲什麼真正
需要被救贖的人
整日渴望拯救別人

你的出生
不是一個錯誤
我們不該一心向神
我們應該
與神同住

修羅

——— 獻給狂犬病疫情爆發後的牠們

偏移是慢慢的
曾經他也凝望著佛
一心一意
直到愛上了人
他完全不知道自己有那麼多
愛可以給他
卻在背棄之後恨得更深
懷著善意去欺騙好人
算不算邪惡
他捫心
自問也問鬼神

佛對他說
光也會偏折
水底的魚從來不在那裡

他對衆生死心
再不曾見過一些事物没有陰影

鐘聲的裂縫

日子是狗的
你在恍惚間聽見了鐘
越來越真實地夢著
一天天離想要的世界更遠

那些你放棄的事
後來還好嗎
還有那些放棄你的人

你自行列中出走
散著髮跳舞
像悲傷的鬼神
迂迴的腳步沒有指向

是那些被遺忘的
都不夠重要吧
有人在世界之上
循著鐘聲下沉

在天空還沒成爲天空之前
動物園走失了所有的動物
你終於在愛裡變成別人

※ 詩題出自獨立樂團《驢子耳朵》之同名歌曲。

從來

—— 記一日淨灘

是怎麼到達海的
好想問你
你是屬於海的嗎
晴空藍得刺眼
海鳥盤旋著
要很努力才能把他們趕走

有時你躲藏得很好
像浪花的碎沫
漂流木之下，沙堆之中
我們總是經過
不一定能看的到
你的腳沒有根
我想你不該留在這裡

抱歉讓你出生
卻無法讓世界消化

你的存在
我不斷地拼湊著
未來與往昔
汗水穿過纖維
在體表形成瘀青
海鳥終究會降落
是悲傷的事情準備發生

屬於

有的時候我喜歡想像
土星上的海
子午線的光

有的時候
我很健康
可以一個人
跳無拍子的舞
慢慢記下幾個
夢遊過的地方

有的時候我感到幸福
當你是我的
而我正好也是你的
我們因爲渴望彼此
殘缺而變得完整

然而更多時候

我的確脆弱
比孩子更需要母親

覺得別人的樣子
好像都有了安排
我的眼前只有一些可能的毀滅
正走過來

這些時候
就幸好還有幾個字
願意讓我咬著
幸好還有你
不舍晝夜
緩緩睡進我的夢

這樣地癡心
原來也是註定好了

拾荒

他和他的藺一起
他走過的路都乾淨

他擁有的寶貝
都曾被遺棄
他不嫌它們髒
都抱它們緊緊

他用破杯子喝水
喝得滿臉
龜裂的皮膚
嵌著城市的皺紋
他比我們更懂得失去
在命運前攤手
掌紋也比我們痕深

他赤手赤腳
懷抱著酒瓶和菸蒂

心底再沒有
可以愛的人

他喜歡孤獨
他知道有人的路
不一定比較安全

放棄

在熟悉的城市耳鳴
逐日被人流淹没
看博愛座上的人低著頭
發現善良也需要勇氣
除了電車上的吊環
你不確定你還能緊握什麼

没有風的世界
就不會有風鈴
星星不斷地出生
只有少數能被記得
更多的殞落了
或變成黑洞
宇宙會在乎嗎

我們是食物鏈頂端
最偉大的肉
每天吃下悲哀的水銀

戒斷

不想失眠
於是把菸給戒了

不想清醒
於是把藥也戒了

不想回去
於是把詩給戒了
發現更不想
活在這樣的世界

於是把命
也戒了

覺醒

終究會聽見的
當閃電已先來到

漸漸你可以分辨街上的軀殼
哪些和你一樣去過
哪些至今還没回來

把飛翔讓給
有翅膀的人
你有腳
可以奔跑
你應該跳舞，或跌倒

像路燈的照
是爲了擁抱
身前的黑夜
眼淚是爲了哭
神的出現

是爲了承受
人類的祈禱

你從前信仰
是爲了好死
現在你知道的太多
更有責任

把傷口留下來
是不夠的

還要教他們縫

辜負

我愛過最好的人
在年輕的時候
那時我是浴缸裡的苔癬
她是許願池的睡蓮
我送她詩句和誓言
她愛我非常

她的笑
曾讓宇宙搖晃
她的心比鯨魚還善良
我也愛她
但也不只愛她
謊言没收了信仰
讓所有的玫瑰
都失去了花

道別的夜裡没有月光
模糊的愧疚

直到現在才
被眼淚點亮

仿生

/
住在沙漏裡的人
等待著被傾覆的瞬間

/
他們輾過的時候頭也不回
那只是一團溼透的報紙
我努力對自己說
那不是鳥的屍體

/
公園裡
小孩在跳繩
水黽般地雀躍
就這麼有趣嗎那條繩子
總讓我想到別的事情

/

我看玻璃上的水漬
都像裂痕
偶爾跟體內的黑洞拉鋸
很抱歉那個宇宙
不容許人類靠近

/

夢到一起去過的車站
沒有人告訴我月台
廢棄了
不會再有車來

/

也夢過傷口醒來
發現身體完好

而感到慶幸
卻又期盼下一次的清醒
如果傷口没有癒合
也許就能逐漸死去

太好了
至少我們之中
有一個人活下去

紙蓮花

船要來了
擺渡的人慢慢划
這次你的背終於直了
我從未見過的樣子

水從魚尾滲出來
在耳邊説痛
是身體的事
此後再與你無關
我羨慕
你終於自由

聽説那裡有土有花
没有種子
也能發芽

舒坦了身體
就能大步行走

願你身旁恒常明亮
願此後回頭無岸

患者

杯子破的時候你笑了
因爲我不小心把花
放了進去

近視越來越深
他們懷疑我看世界的角度
太過歪斜
我懷疑他們不是醫生
只是看起來很像真的
我没有辦法證明自己
我有病
要比別人知恥

他們說我的
腦袋有洞
我早就知道了
他們不知道我的心也有
我不要給他們看

是我拒絕了世界

没有選擇去活
卻有人讓我出生
我要活
是爲了唱自己的歌
世界卻發出哀鳴

我也想過
選擇不活
讓我出生的人說
他們會傷心
我想一個人可以死
但不能去傷心
我拒絕了白晝
我的黑夜
不會有流星

責任

你是天
就要讓鳥飛
是夢就要醒
你是地就要承受
生活的重

你是人就要老
要擅長等待
是容器就要被充滿
你是植物
就要與光合
不能一心嚮往黑暗

你是語言
注定要歧義
是象徵就要能入勝
你寫詩
最好要病

但你不是詩人
不該讓他們這樣叫你

無題 05

從來都是一個人
他們的太陽
不存在我的白晝
我的黑夜也沒有別人的星光

然而驟雨的時候
是那麼剛好
你的屋簷看起來如此堅牢

無題 06

影子是屬於我的嗎
如果那光與我無關
我不得不承認這輪廓有時
比我更像自己

日子有時很低
必須用雙手撐著
有時又太高
墊起腳尖
還是碰不到

無題 07

什麼時候把靈魂給他的
我不想知道
那個讓你把手攤開的人
你的房間掛著他
最喜歡的畫
我不想承認它好看

無題 08

都躲不過的
要用肉身去習慣
你破碎
不代表要別人使你完整

把眼睛挖去
習慣了無光就不再畏懼黑暗
把手腳扭斷
習慣了失能就不再畏懼疾殘
把心撕開
習慣了痛也許
就不再畏懼愛

還是會
更畏懼愛

無題 09

他應該開花
有自己的家
他應該

先迷路
再回家

無題 10

比較好的時候
用眼睛笑
像是真心
好奇那些後來的事
渴望被問候最近
看見熟人
遠遠地就招手
像是在乎

出門前把裂痕藏好
把魟魚關進抽屜
遇到人試著說幾個字
太陽底下
讓自己輪廓清晰

無題 11

他們最後都上岸了
生火取暖

你一個人浮沉
有時向著他們
有時並不

現在比過去
更釋懷了
比他們都不快樂
是你唯一能做的

我已不再追尋

我走過
陰鬱的森林
也走過泥濘小徑
在我心底
也有平原，和丘陵

我走過花園也
走過極地
見過最美的罌粟
爬過最冷的山脊
在我心底
也有仙境，和絶境

我聽過大人的謊言
也聽過孩子的哭泣
我見過智者和愚者
在彼此的舞台競技
目盲的人們往往

只問最後的勝利

在我心底
也有真實
和面具

我見過大象
如何在球上站立
見過火圈如何
使獅子恐懼
在我心底也有
飛刀和鋼索
我曾演過
最美的馬戲

我知道最深的悲傷
他們總是發生
在最放心的時候

是我等著恒星誕生
你隨著流星遠去
從此不能一起
索求更多美好的事情

現在，我心底
也有恒星和流星
我已不再追尋

龍離開了時間

現在你離我遙遠

以後看山的時候
你就在山上
看雲的時候
你就在雲裡

而我還在這裡
口渴了喝雨水
思念了就流血

龍

他們要在你墳前起舞
但你沒有土

你的靈魂是心是雷電
你的語言
令天地交會

你的死亡是神
是水藏身
萬事萬物

你在愛的時候是光
是火焰

忌日

今天不宜曝曬
把太陽藏好
濕透的衣物都收起來
我要紀念你再次出生
自另一個世界
用他們不願意的方式擁抱你
任手上的硝煙佚散
給你黑色的祝福
如果還有下輩子
再見

牧者

有時牧的是羊
有時是狼

未知的恐懼
使人震顫
已知的恐懼擦亮絕望

我的高原没有水草
沙漠只有毒蠍
没有仙人掌

先知

你轉身
將島輕輕負起

島是山
被海擁抱
是宇宙
支撐著星系

地平線的雲
無法知道更過去的事
你無法在出生之前就死去

一旦準備好了
就必須出發
你將得到自由
除了自由
一無所有

成年

開始説獸語
不再獵取毛皮
捧著他們的爪子
和世界跳舞

開始成熟
期待果實
在無人的季節掉落

曼陀羅

你要先是獸
才能是樹

你要擁有兩顆心
一顆爲了在早晨甦醒
一顆在夜裡
流動黑血

你想走就走
名字也別留下

腳印自地面浮起
它們將是你最後的花

自然

也許夢想
也許夢
什麼都不想

也不再流動
在心跳之後
成爲宇宙

冰

時間要的
你只能給
在海的草原
你曾是鯨魚的夢

你總是冷
總是對溫暖恐懼
你用一生來練習
慢慢融化
你用一生
讓自己成形

換季

疲倦的鹿跌入湖底
慢慢變冷
水幫他脫掉舊的毛皮

乾裂的靈魂
看到光就想停靠
也渴望新的軀體

季節的神
死了兩個
來不及跟他們道別

有人在準備冬眠
你只想懷抱蝴蝶

他界

閉上眼
終於也看見了河

美麗的河
有透明的魚在游
靠得太近
也想要變成

穴居

他以骨末和血
在牆上作畫
他的一切
都來自身體

他不是喜歡離群索居
但也不渴望
走入人群

他的存在
不是必須
毫無意義地活
是他唯一的目的

金

最困難的是
什麼也不做
他們不知道我哭過
没看眼淚流進身體

疼愛使我卑微
更加赤裸
我不再渴望
能被捧在手心
只想像他們能動，能痛

能醒
能死去

孑孓

多希望你別長大
永遠當寶寶

還不懂徘徊
是因爲渴望

還不懂生存
是接近死亡

唯一

麒麟有很多
只有最愛的人
是國王

恒星有很多
只有最近的那顆
是太陽

姐姐

你什麼都不是
姐姐給了你名字

你和姐姐的小孩
出生的時候很健康

你勇敢
什麼都不怕
但姐姐多愁善感
連奶水都是苦的

你們的小孩越長越小
姐姐止不住哭
卻更加美麗

你那麼愛他們
你什麼都不是

盲

不是最美麗的花
有最迷人的刺

胎記

有胎記的小孩
被神詛咒
也被神深愛

有胎記的小孩
身體藏著巨人
被神入的時候
胎記就痛
巨人會醒來
有火河在身體裡流
經過四肢內臟
從眼睛滴出來

有的胎記會變淡
有的會變深
沒有胎記的小孩
看不到胎記
他們也不喜歡

有些小孩的巨人
被世界吃了
有些小孩的巨人卻能吃世界
我只希望他們都平安

尾聲

你帶著樂器出現
看著海上
以爲有路

可以走，可以躺
一整天吹風
光腳撿完所有沙裡的碎片
聽浪開花
在地海的邊界

可是路沒有出現
故事也沒有
眼前的白牆
是你去過的最遠

龍離開了時間

/

龍在世界流淚
匯聚成海
時間不明所以

/

屠殺的季節
星球帶著刺運轉
龍安靜走過
腳印是血的形狀

/

龍自由了
時間流出很多血
時間的傷口
比時間更巨大

龍不會說謊
可是時間太在乎

湖心

只能趁著嚴冬
一心一意
被雪吞没的小徑
越過岸的邊際

你一直走
不理會其他
終於聽見冰層
龜裂的聲音

旺季

旺季明亮
鮮豔乾淨

有人走在白天
踩著影子
空氣裡跑跳

有人走在黑夜
小口呼吸
怕記憶也長出影子

暗中

他看見
獨角的小孩哭著走過
已經很久沒說話了
他陪小孩走

在他耳邊說
所有的光
都不能久望
餘生溫柔將吞沒雙眼

小孩問他是誰
留下來，留下來
不管你是誰

他牽起小孩的手
穿過了自己

愛人

很久之後才明白
那就是神的樣子

嬰兒

吃著夢
緩慢長大
發出橡皮聲音
摸起來軟軟

尖銳又溫馴
魔鬼寄宿在眼睛
哭的時候
有天使靠近

惡意

孩子出生的時候
沒有身體
每一個
都不是你的
都長得像你

黃昏

黑幕自遠方逼近
他們說痛是好的

日復一日
剪開癒合的傷口
漸漸也不再結痂

草長長了
淹沒影子

我想我現在是好人了
冰川慢慢走向海口
海慢慢吞下太陽

所有人都等著他跳舞

所有人都等著他跳舞
等他迴旋
翻滾
跳躍，轉身
等他引頸點足
疾走奔跑

等他一邊唱歌
一邊把自己塗成藍色
去月亮的家

合葬

覆蓋我的名字
像雪覆蓋草
草原上的河
冰的結晶
我都明白

山的悲傷，雲的哭泣
每滴水都有自己的命運
不是全部
都能到達海

覆蓋你的名字
像手覆蓋手
我們的力氣太小
故事太輕
世界什麼都不會留下
除了愛
我都明白

後記

十七歲的海
是十七歲的

他還沒去過藍色草原
還沒遇見巷子裡的鯨魚

他的口袋裝著許多
美麗的石頭
都是愛過的人
送給他的

他走得那麼正確
始終不曾回頭

————〈他把鞋子留在海岸〉

/

長期以來都用自剖的方式創作，自完成《你沒有更好的命運》之後程度更劇。
對我而言，創作是內部的天氣，是不能預測也無法期待。有時是雨，是雪；有時是強震，是颶風。發生需要機運，偶爾可以提早察覺。
一直訓練的結果，越來越能在墜落的那一刻接住自己。

於是開始習慣墜落。隨著跌的次數增多，感覺可以承受的撞擊也更強。
逢魔的結果往往有意外的收穫，也在不斷往內部的挖掘中看到美麗的事物。

漸漸不會恐懼了。當龍捲風垂降在平原上，我只想走近。
好奇每一次成形的原因，好奇每一個螺旋的中心。
就像黑洞的奇點，無限重力的想像之地。

/

關於奇點。

之前在某次瀕死的時候，覺得自己異常接近。
那時刻，我發現自己不能再寫。
沒有能夠承載狀態的字，沒有足夠陳述的語言。

當所有負面的情緒到了極致，去除所有生存的表象，於是看見死亡。

/

想到她之前曾苦勸我去看醫生。

我說我不相信醫生。
就像我不相信藥，不相信有痊癒這種事情。

/

Marina Abramovic 曾説過藝術和表演的差異，
前者是用真刀讓自己流血，後者是用假刀和番茄。
創作者一旦妥協，用假刀就輸了。

説穿了也不過就這樣。
你用假刀騙不了自己。

在狀態很壞的時候寫下〈他把鞋子留在海岸〉，寫完才突然明白詩對我的意義。
没有什麼是不會消亡的，無論生命，物質，情感，人事的聯繫…
當然，也包括創作，對世界的感受。

此刻我還能書寫，擁有將痛苦轉化的能力。但也許有一天，它也會離我而去，甚至連『我』有天都可能不存在。
就算到了那時候，也不會覺得遺憾吧。
因爲寫過的字，都是痕跡。

如果死亡是跨越了海。
詩，就是我留在岸上的那雙鞋。

光 天 化 日

作者　任明信

設計　劉克韋 coweiliu@gmail.com

出版　黑眼睛文化事業有限公司

E-mail　darkeyeslab@gmail.com

總經銷　紅螞蟻圖書有限公司

地址　台北市 114 內湖區舊宗路 2 段 121 巷 19 號

電話　（02）2795-3656

傳真　（02）2795-4100

E-mail　red0511@ms51.hinet.net

印刷　鴻柏印刷事業股份有限公司

初版　2015 年 8 月

十一版　2025 年 1 月

定價　280 元

ISBN　978-986-6359-49-1

國家圖書館出版品預行編目 (CIP) 資料

光天化日／任明信作 ｜ 初版 ｜ 臺北市：黑眼睛文化，2015／08 ｜ 面 ；公分 ｜ ISBN 978-986-6359-49-1(平裝) ｜ 851.486　　104012668